제주에 봄

박노식 글　이민 그림

제주에 봄

시인과 화가의 눈으로 본 소소한 매력

스타북스

오직,

시만 쓰고

오직,

그림만 그리는

순한 두 사람이 만나서

세상에 하나뿐인

아름다운 책을 낳았습니다.

濟州는

슬픔의 섬이고

예술적 상상력의 바다입니다.

그래서 마음이 더 아픈지도 모릅니다.

아무 페이지나 펼쳐서

그곳의 아포리즘과 그림이

당신에게 위로가 되었다면

당신과 우리는

한 수평선에 누워서

낮의 흰 구름과

밤의 푸른 별을

함께 바라보는 것과 같습니다.

2024년 가을

박노식, 이민

CONTENTS

범섬일출 | 2023 | PanTableau on canvas | 32×21cm

밤 11시 30분 솔동산로 | 2021 | 판타블로(캔버스+아크릴) | 24.2×33.4cm

홀로 밤길을 걷는 사람은
가로등 아래에서 어떤 슬픔을 찾으며
누군가를 오래 생각하는 버릇이 있어요.

비 내리는 거리에서
먹먹한 가슴을 떠나보낼 줄 알아야만
비로소 자신을 발견할 수 있어요.
눈물은 자기의 반이니까요.

비내리는 서귀포 명동거리 | 2021 | 판타블로(캔버스+아크릴) | 24.2×33.4cm

신서귀포 메밀꽃 | 2021 | 판타블로(캔버스+아크릴) | 33.4×24.2cm

기억을 지우려는 고통보다

차라리 그 기억의 고통 속에서

오늘을 살아가는 인내가

당신의 내일을 아름답게 만들지도 몰라요.

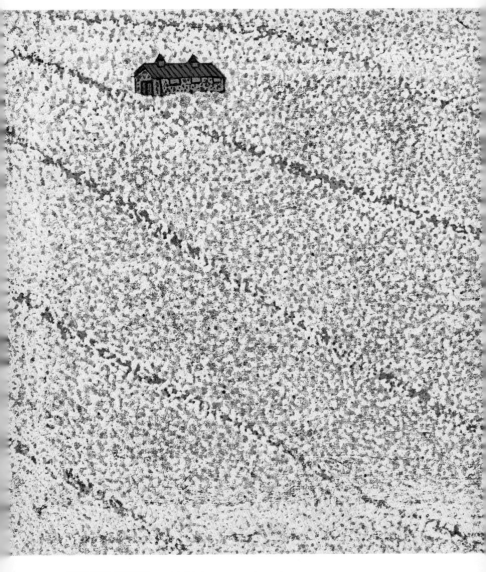

신서귀포 메밀꽃밭 | 2021 | 판타블로(캔버스+아크릴) | 52×45cm

꽃잎을 쓰다듬는 손길로
상처받은 마음을 어루만져 줄 때
그 마음에는 고운 꽃이 피겠죠.
하지만 자신은 그 상처를 다 가져가야 해요.

아침 햇살은
간밤의 고통이 낳은 눈부심이에요.
그러므로 이별은
우리가 영원하지 않다는 증거에요.
받아들여야 해요。

쇠소깍 일출 | 2021 | 판타블로(캔버스+아크릴) | 33.4×24.2cm

아직도 자신을 붙들고 놓아주지 않는

기억 하나가 있다면

그것은 이미 오래전에

자기의 전부였던 셈이에요.

색달중앙로길 귤밭 | 2021 | 판타블로(캔버스+아크릴) | 53×46cm

태평로 402-8 | 2021 | 판타블로(캔버스+아크릴) | 53×46cm

인생은 때로 갈등과 번민 속에서
아름다운 꽃을 피우고
기다림의 결실을 맺기도 해요.
하지만 지나고 나면
티끌밖에 남지 않아요.

측은한 마음은 슬픈 사랑을 만들고
자기 생의 반을 결국 외로운 이에게 맡기게 되죠.
하지만 측은함이 없으면 아무것도 이룰 수 없어요.

창작스튜디오 501 | 2022 | 판타블로(캔버스+아크릴) | 24×33cm

1월 자구리 밤바다 | 2022 | 판타블로(캔버스+아크릴) | 33×24cm

밤은 소리의 세계예요.

더는 기다리거나 기다려줄 사람이 없을 때

밤바다로 가서 한숨을 놓아버리면

거기 초록 리본 같은 위로의 말들이

반짝거릴 거예요.

바다가 보이는 언덕에서 눈을 맞는 이는

그리움이 많은 사람이에요.

돌아갈 수 없으니까

하염없이 눈을 맞는 거예요.

눈속의 이중섭 미술관 | 2022 | 판타블로(캔버스+아크릴) | 24×33cm

인연은 공처럼 꼭 짓점이 없어요.

어디서 무슨 일로 어떤 얼굴로

한 사람이 나타날지 알 수 없어요.

기다리지 않아도 훅 찾아오는 게

인연의 신비예요.

남원 세천동 304 | 2022 | 판타블로(캔버스+아크릴) | 33.5×24.5cm

표선 2022.3.8 654 | 2022 | 판타블로(캔버스+아크릴) | 53×46cm

어느 날 문득 악몽 같은 사랑이
기억 속에서 사라졌다면,
이는 누군가의 잔잔한 말투가
자신의 막힌 가슴을 울려주는 것과 같은 거예요.

추억은 색이 바랜 수채화처럼 아련해서

만질 수 없고 들춰 볼 수 없어요.

그래서 안타까운 마음만 남아있는 거예요.

표선 해뜨는 가게 | 2022 | 판타블로(캔버스+아크릴) | 53×46cm

대정 해안도로 | 2022 | 판타블로(캔버스+아크릴) | 33.3×24.5cm

영원히 돌아오지 않을 애인을
오래 기다리는 사람은 바보예요。

이 중에 시인이 있어요。

너 머 에 있는 마음은

읽 어 낼 수 없어요.

특히 수천만 개의 빛깔을 지닌 사랑의 너 머 에는

알 수 없는 무늬로 가득 차서

숨이 막혀요.

표선 해뜨는 가게 | 2022 | 판타블로(캔버스+아크릴) | 24.5×33.5cm

하레리언덕 │ 2022 │ 판타블로(캔버스+아크릴) │ 60.6×90.9cm

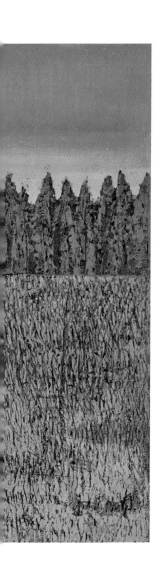

고백은 긴 언덕을 오르는 것처럼 숨이 차요.

나부끼던 바람 속에서

홀로 힘없이 떨어지는 가여운 단풍잎은

고백의 결과에요.

텅 빈 마음은

아주 오랜 기다림이 만들어낸 통증이에요.

이럴 땐 가장 쓰라린 일들을 데리고

절벽에 올라 놓아버려야 해요.

성산일출봉 | 2022 | 판타블로(캔버스+아크릴) | 25×18cm

위미해안로 | 2022 | 판타블로(캔버스+아크릴) | 25×18cm

소식이 오는 건 무엇의 일부일 수도 있고

그 누구의 전부일 수도 있어요.

하지만 길 위의 바람이 얼굴을 스치는 것처럼

어떤 소식은 아플 때가 있어요.

새로움은 익숙한 것에서 발견되는 거예요.

어느 날 뜻밖의 반가움을 만났다면

이 일도 실은 무의식 속에 자리 잡은

평범한 사건이에요.

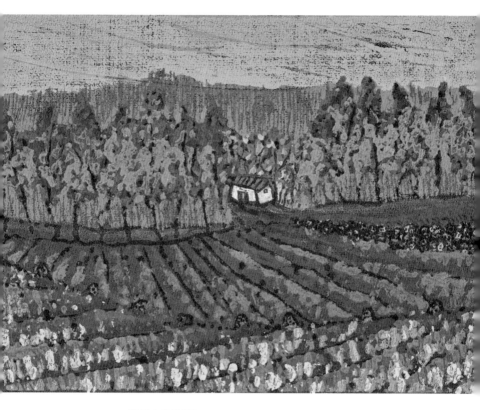

서귀포 서귀다원 | 2022 | 판타블로(캔버스+아크릴) | 25×18cm

표정 속엔 모든 게 다 들어있죠.

그 사람이 걸어온 삶의 흔적이

파노라마처럼 읽히는 그런 날이 있고

또 그런 얼굴이 나타날 때가 있어요.

태위로 20번길 | 2022 | 판타블로(캔버스+아크릴) | 25×18cm

어느 하루가 고단하다고 느껴질 때는
삶의 보람도 함께 오고 있는 거예요.
아린 맛도 오래 씹다 보면
단맛이 있다는 걸 알아야 해요.

대정 마늘밭 | 2022 | 판타블로(캔버스+아크릴) | 25×18cm

정오의 태위로 22 | 2022 | 판타블로(캔버스+아크릴) | 25×18cm

가까운 일은 오히려 마음을 아프게 하고

때론 먼 곳의 일들이

자주 기억에 나타나기도 하는 거예요.

이건 시간이 빚은 결과예요.

이별은 아무 때나 찾아올 수 있지만
기다림은 꼭 한 사람만의 몫이에요.
이게 관계의 본질이에요.

성산일출로268 | 2022 | 판타블로(캔버스+아크릴) | 33×24cm

위미 해안 골목길 | 2022 | 판타블로(캔버스+아크릴) | 33×24cm

여행은 자기 안의 과거를 비우고
새로운 풍경을 채우는 거예요.
비교할 대상이 없으니까
온전히 자기만의 세상을 살아가는 것과 같아요.

누구나 못 하나쯤은 가슴에 박힌 채 살아요.
빼낼 수 없는 운명 같은 거라 믿으면
아픔도 단순한 얼룩에 불과해요.

대포항 가는 길 | 2022 | 판타블로(캔버스+아크릴) | 25×18cm

건축학개론 카페 (위미 서현이네) | 2022 | 판타블로(캔버스+아크릴) | 33×24cm

순수의 나이는 따로 없어요.

세 살 아이의 투정과

그 천진한 미소를 떠올릴 수 있다면

당신은 이미 아름다운 사람이에요.

기운 나무의 버팀목은
고행이면서 그 나무의 일부에요.
하지만 누군가를 받쳐주는 일은
자신에겐 일부여도
그 사람에겐 전부일 수 있어요.

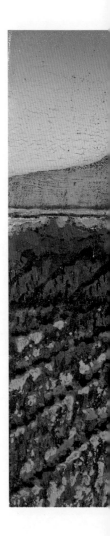

오설록 차밭 | 2022 | 판타블로(캔버스+아크릴) | 25×18cm

위미해안로106 │ 2022 │ 판타블로(캔버스+아크릴) │ 33×24cm

하나의 집착에서 벗어나는 일은
악몽 하나를 깨는 것과 같아요.
꼭 즐거운 일이 아니더라도
묵은 자신을 버리는 게 상수예요.

어떤 자학은 의욕의 심지에 불을 켜게 만들어요.

자학이 항상 나쁜 건 아니에요.

창작에 굶주린 사람일수록 가슴에 멍이 많아요.

비오는 날 대정 | 2022 | 판타블로(캔버스+아크릴) | 33×24cm

한 낮의 위미항 | 2022 | 판타블로(캔버스+아크릴) | 33×24cm

한 모금의 물에도 사색이 있는 거예요.

물새가 하늘을 보고 물을 꿀꺽 삼킬 때처럼

우리에게도 하늘을 올려다볼

하루의 여유가 필요해요.

사랑은 바다로부터 와요.

밤의 소곤거림 속에서 새벽의 잉태가 오는 것처럼

설레는 바다의 마음은 다홍빛 물결 같아요.

새벽 하늘 자구리 해변 | 2022 | 판타블로(캔버스+아크릴) | 25×18cm

외딴길은 혼자라는 사실을 깨닫게 하고
마음속에 더 작은 길 하나를 만들어 줘요.
그래서 산길을 걷는 것은
고요와 함께 노는 일이에요.

중산간서로 7-11 │ 2022 │ 판타블로(캔버스+아크릴) │ 33×24cm

외로움이 찾아와 그림자마저 쓸쓸한 모습일 때는

일부러 오래 걸어서 길모퉁이를 돌아가면 돼요.

그러면 그곳에서 외로움도 놀라

곧 떠날 준비를 할 거예요.

비자낭로 | 2022 | 판타블로(캔버스+아크릴) | 33×24cm

도원북로-10 | 2022 | 판타블로(캔버스+아크릴) | 33×24cm

돌담은 추억을 풀어서 쌓아 올린 앨범 처럼

가슴을 먹먹하게 만들어요.

그 돌담 아래 길을 걸으면

정겨움이 함께 와요.

잠 못 이룰 때는 새벽 바다에 나가보세요.

달빛은 물결 위에 연서를 쓰고

별들의 속삭임 속엔

그대의 기다림이 있을지도 몰라요.

신창풍차해변새벽 │ 2022 │ 판타블로(캔버스+아크릴) │ 33×24cm

일주동로6176 | 2022 | 판타블로(캔버스+아크릴) | 33×24cm

눈물은 가슴이 우는 거예요.
그래서 무늬가 너무 많아요.
희로애락 어디에나 눈물이 다 있듯
인간은 눈물로 와서 결국 눈물로 가죠.

도원북로14 | 2022 | 판타블로(캔버스+아크릴) | 33×24cm

침묵의 시간은 자기와의 대화예요.
많은 날이 바람처럼 흘러갔으나
결국 그 시간 속을 찾아갈 수 없듯
지금 여기에서 당신의 시간은 침묵이에요.

비자낭로25 │ 2022 │ 판타블로(캔버스+아크릴) │ 25×18cm

인생의 어느 지점에 이르면 사람에 따라

각기 다른 사무침이 생길 때가 있지요.

만약 그것이 잊히지 않는 그리움이라면

노을을 만나러 바다로 가면 돼요.

인내는 체득되는 거예요.

환경이 자신을 만들기도 하지만

자신이 환경을 닮아가기도 해요.

시간이 흐르면 자기 안에서

별 하나가 반짝거릴 거예요.

그게 인내의 결과예요.

비자낭로 마늘밭 | 2022 | 판타블로(캔버스+아크릴) | 25×18cm

일주동로 618 | 2022 | 판타블로(캔버스+아크릴) | 25×18cm

모든 게 영원하지는 않아요.
아주 혹독한 시절도 어느 때에 이르면
멈추는 거와 같아요.
그러니까 슬픈 일이 닥쳐도 그건 잠깐이에요.

일주동로 6176 | 2022 | 판타블로(캔버스＋아크릴) | 25×18cm

오래 걸어서 만난 밤의 꽃들은 처연해요.

이별 후에 몹시 앓는 사람처럼

꽃은 무리 속에 피어도 여전히 외로워서

눈빛만 반짝이는 거예요。

지나간 하루는 저녁의 숲에서 다시 만나게 돼요.

그래서 고요가 불러들인 초승달은

기다림을 배우게 하고

방금 깨어난 별들은

위로의 말을 건네는 거예요.

안돌오름 삼나무 숲 | 2022 | 판타블로(캔버스+아크릴) | 25×18cm

울지 않아도 계절은 찾아와요.

그저 마음을 비우고 떠나면 되는 거예요.

미끄러지듯 외길을 따라 혼자 걸을 때

가슴에는 이미 새길이 나 있을 거예요.

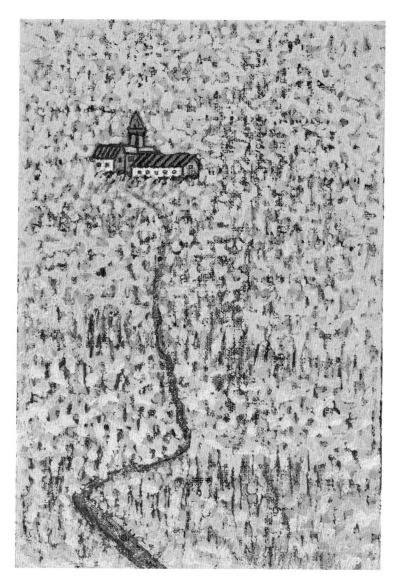

섭지코지 유채꽃 | 2022 | 판타블로(캔버스+아크릴) | 25×18cm

기억을 지우는 건 새로 사는 일과 같아요.

탑 위에 상심의 별들이 내려와 잠시 쉬어간다면

먼 소식처럼 금방 눈이 내릴지도 몰라요.

서귀포 복자성당 | 2022 | 판타블로(캔버스+아크릴) | 25×18cm

바다는 외로워서 파도를 만들고

그 파도 속의 흰 꽃들은

그리움을 찾아 다시 피는 거예요.

잊히지 않는 일은 흰 꽃들의 아픔이에요.

신례리 메밀꽃 | 2022 | 판타블로(캔버스+아크릴) | 18×25cm

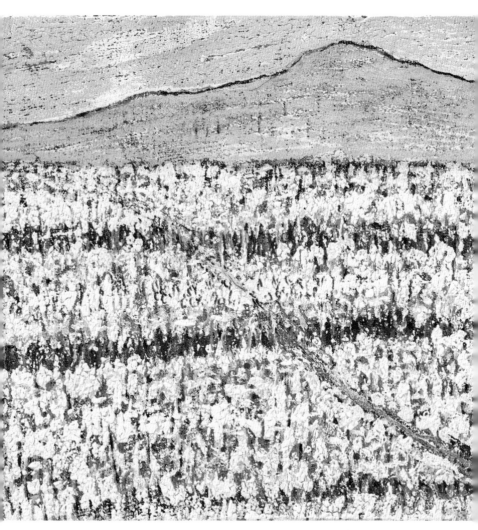

산방산과 유채꽃 | 2022 | 판타블로(캔버스+아크릴) | 18×25cm

꽃이 필 때 가슴 속에 먹먹함이 많은 사람은

손수건이 젖을 수도 있어요.

그러니까 사연 많은 이 앞에서

꽃을 꺾거나 꽃잎을 따면 안 되는 거예요.

고독에 익숙한 사람처럼,

오래 서 있어도 외롭지 않은 사람처럼

등대는 말이 없어요.

그래서 혼자 부르는 노래는 파도가 되는 거예요.

피제리아에서 본 등대(대영포구) │ 2022 │ 판타블로(캔버스＋아크릴) │ 25×18cm

누구에게도 말할 수 없는 그리움은

자기 안에서 돌이 되고

그 돌이 모래알이 되어서 바스락거려도

결국 그 사람은 들을 수 없는 거예요.

대정도로 감귤창고 | 2022 | 판타블로(캔버스+아크릴) | 53×46cm

서귀포시 6160-1 | 2022 | 판타블로(캔버스+아크릴) | 53×46cm

과거는 안 보이는 거예요. 미래처럼、

그러니까 돌아간다는 말은

또 다른 자기에게로 가는 것과 같지만

거기에도 참 자기는 없어요.

문제는 지금이에요.

자신을 스쳐 간 사랑이거나

그 사랑에 데인 가슴이 놀라 무너졌다면

해안로를 따라 그냥 걸으세요.

사랑은 믿을 수 없는 안개 같은 거예요.

위미 해안로 주택 | 2022 | 판타블로(캔버스+아크릴) | 53×46cm

고운 얼굴도 자주 보면

다정한 말과 속삭임을 잊는 것처럼

간혹 서로 무정한 자신을 발견할 때는

밤의 거리에서 달빛처럼 만나는 여유를

만들어야 해요。

사농동산 정류장 가는길 | 2022 | 판타블로(캔버스+아크릴) | 53×46cm

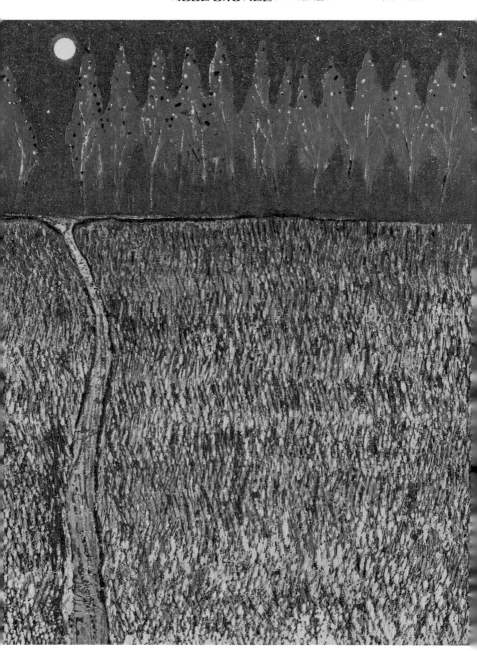

영원한 것은 없어요.

담장 아래 붉은 꽃들을 보면,

실패한 연애도 아름다웠던 사랑도

결국 순간이 빚어놓은 운명 같은 거예요.

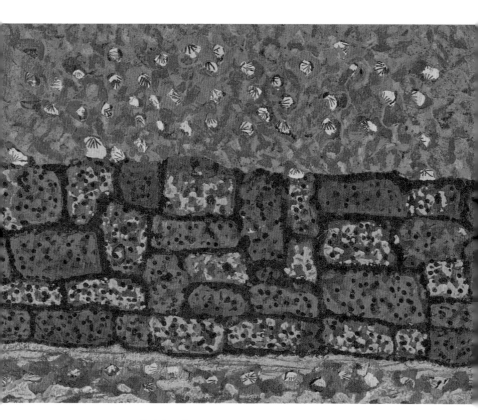

위미리 동백 | 2022 | 판타블로(캔버스+아크릴) | 25×18cm

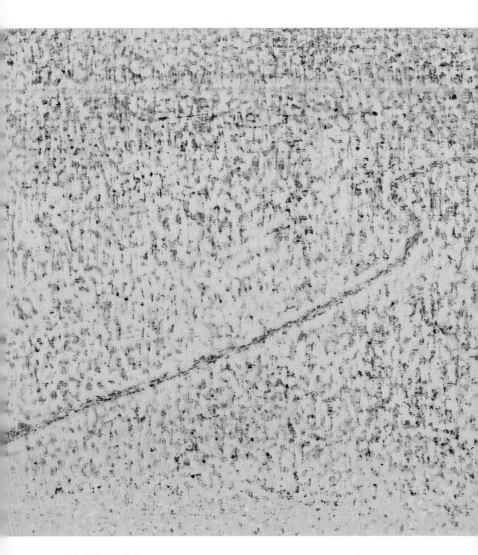

표선 가시리 유채밭 | 2022 | 판타블로(캔버스+아크릴) | 90.9×72.7cm

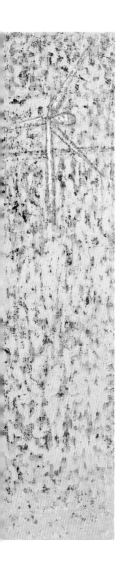

노란 물결의 꽃들은
한 잎 한 잎 애도의 리본 같아요.
그 꽃 안에는 슬픈 눈들이 숨어서
봄이 오면 눈을 뜨고 노란 꽃을 피워요.

희미한 일은 애달픈 것과 같아요.

다시 오지 않는 옛날처럼 만질 수 없고

함께할 수 없는 얼굴은

안개 너머의 비밀 같은 거예요.

안개 낀 서귀포 표선 보름왓 유채꽃 | 2022 | 판타블로(캔버스+아크릴) | 72.7×90.9cm

밝은 햇살 명동거리 | 2022 | 판타블로(캔버스+아크릴) | 32×21cm

흰 것은 진실의 얼굴 같아요.

아무리 감추려 해도

사랑의 얼굴은 부신 햇살처럼

맑고 경쾌해서 만질 수가 없어요.

잔설 속은 외로운 인내가 있어요.
생은 그저 화려하지도 않고
즐거운 미소를 오래 머금을 만큼
아름답지도 않아요.

1100도로 가는 길목 빵가게 | 2022 | 판타블로(캔버스+아크릴) | 25×18cm

싱그러운 미소를 만날 때
답답한 가슴이 풀리는 것처럼
초록의 섬에 들어서면
바람마저 싱그럽고
가슴은 바다처럼 마냥 푸르러져요.

가파도 청보리 | 2022 | 판타블로(캔버스+아크릴) | 18×25cm

그리움은 볼 수 없거나 만질 수 없어요.
시간이 흐르면 그리움의 이미지마저 사라져서
결국 통증이 자신을 키웠다는 걸 알게 돼요.

구좌읍 동복리 횟집 | 2022 | 판타블로(캔버스+아크릴) | 25×18cm

청초밭 메밀꽃 | 2022 | 판타블로(캔버스+아크릴) | 25×18cm

어떤 길은 구름 같은 흰 꽃들 사이로 들어가

자기 생의 일부를 남기기도 해요.

삶은 직선이 아니라

곡선이라는 것을 보여주는 거죠.

저녁 하늘은 적막 속에 닻을 내린

시인의 눈빛 같아요.

그저 바라만 봐도

몸이 시가 되어가는 거예요.

동복리 마을 | 2022 | 판타블로(캔버스+아크릴) | 25×18cm

수산리 큰동네(도로보다 낮은 집) │ 2023 │ 판타블로(캔버스+아크릴) │ 25×18cm

낮은 곳은 오래된 일기장처럼 침묵이 고여서

고요의 심장 같아요.

그러나 거기에도 사랑이 있고

아름다운 이야기는 적막처럼 흘러요.

수산리 큰동네(감귤집) | 2023 | 판타블로(캔버스+아크릴) | 25×18cm

어느 집 앞을 지나며 더는 만날 수 없는

그 사람이 생각날 때가 있지요.

그럴 땐 지난날의 마음을 허공에 매달아둔 채

어디론가 떠나고 싶어질 거예요.

문득 떠나면 돼요.

살아가는 일과 살아내는 일은

하늘과 땅 차이예요.

이미 정해진 삶은 없어요.

다만 자신에게 주어진 길이

타인에겐 없다는 것뿐이죠.

수산리 파란지붕 | 2023 | 판타블로(캔버스+아크릴) | 25×18cm

바다가 보이는 신도2리 풍경 | 2023 | 판타블로(캔버스+아크릴) | 90.9×72.7cm

수평선은 눈이 아니라 가슴으로 응시할 때
비로소 하늘과 바다가 하나라는 걸 알게 되죠.
가슴이 아픈 사람은 수평선이 많은 거예요.

지나고 나면

아름다운 날들도 한 시절일 거예요.

그 누구도 영원하지 않으므로

사랑이 있고 슬픔이 있고

작별이 있는 거겠죠.

동백꽃 언덕 | 2023 | 판타블로(캔버스+아크릴) | 90.9×72.7cm

대보름 한신로 17 | 2023 | 판타블로(캔버스+아크릴) | 50×180cm

한 번 떠난 인연은

모두 어둠이 되어서 밤이 오는 것과 같아요.

이별의 자리에 푸른 달빛이 내려와

세상은 쓸쓸하고 여전히 공허할 뿐이죠.

와도 일출 | 2023 | 판타블로(캔버스+아크릴) | 27×35cm

몰입은 자신이 빠져나갈 수 없는
멍한 상태를 만들기도 해요.
붉게 물든 아침 바다는
그래서 태양의 몰입이에요.

별을 애인으로 둔 사람은 기다림이 커요.

하지만 울지 않아요.

그저 지그시 입술을 깨물듯

홀로 푸른 밤길을 걸으면

쓸쓸함도 벗이 되는 거예요.

중산간서로 | 2023 | PanTableau on canvas | 180×50cm

혼자여서 외로운 게 아니라
오히려 외로움이
당신의 수척한 마음을 찾아갔을 거예요.
아픔이 존재하는 건
우리에게 사랑이 있기 때문이에요.

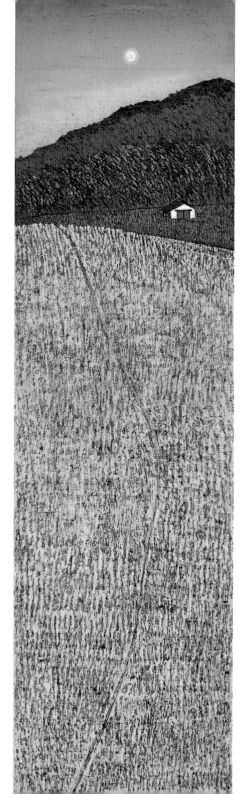

산굼부리 목장
2023 | PanTableau on canvas
180×50cm

소보리당로225 | 2023 | PanTableau on canvas | 53×46cm

곰곰이 생각하면

잊고 사는 것들이 의외로 많아요.

사랑도 그중에 하나에요.

거울을 들여다보듯 가까운 관계일수록

살펴봐야 해요.

아름다움 속에도 분명 상처는 존재해요.

그것이 사랑의 일이었을 때

그 상처는 아주 오래가겠죠.

그래서 더는 아프지 않으려면

모름지기 절망을 사랑할 필요가 있는 거예요.

한라산이 보이는 중문로98 | 2023 | PanTableau on canvas | 53×46cm

시간은 일정한 속도가 없어요.

어느 날 문득 뒤돌아서서 눈을 감으면

모래알 같은 지난날들이 하얘질 때가 올 거예요.

소보리당로222 | 2023 | PanTableau on canvas | 53×45cm

신상로244 | 2023 | PanTableau on canvas | 53×45cm

마음 깊이 바위가 들어앉아
굴리려 해도 움직이지 않는다면 받아들여야 해요.
오히려 그 바위에 이끼가 끼고 무성해지길 바라는 게
자신을 다스리는 첩경일 수 있어요.

농원-은진원 | 2023 | PanTableau on canvas | 53×46cm

마음을 한 곳에 매어두면

자신이 비참해질 수 있어요.

강물처럼 마음을 자유롭게 놓아줄 줄 알아야

자기만의 아름다운 배회를 발견할 수 있는 거예요.

와홀 메밀밭과 팽나무 | 2023 | PanTableau on canvas | 45.5×53cm

타고난 외로움은 없는 거예요.

사랑의 풍파를 겪고 나서

오래 앓고 난 이의 가슴을 두드려보면

텅텅 소리가 나죠.

그게 외로움이에요.

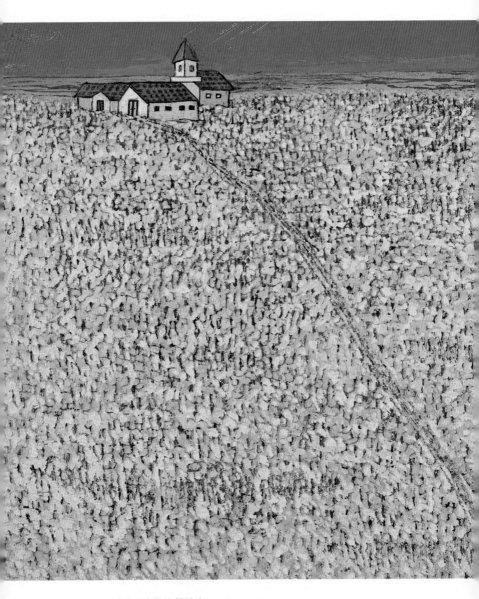

섭지코지 올인 촬영지 │ 2023 │ PanTableau on canvas │ 45.5×53cm

인생은 되돌릴 수 없지요.

때가 되면 스스로 알아서 자기를 내려놓는 거예요.

그러니까 지상의 모든 생은

결국 자신에게로 돌아가는 것과 같아요.

사유하는 인간은 하루에도 수십 번

누군가와 헤어지는 연습을 시도해요.

그러므로 자신이 누구와 멀어지고 있다는 사실을 깨달을 때

평화는 조용히 찾아오는 거예요.

환해 장성도 방파제 | 2023 | PanTableau on canvas | 45.5×53cm

투명한 것은 멀리 보게 만들어요.
그 안에는 진실의 눈이 있고
깊은 사색이 있어요.
심란한 마음을 무수한 꽃잎 날리듯 비우고 나면
비로소 투명이 찾아와요.

신상도 벗꽃앤딩 | 2023 | PanTableau on canvas | 90×60cm

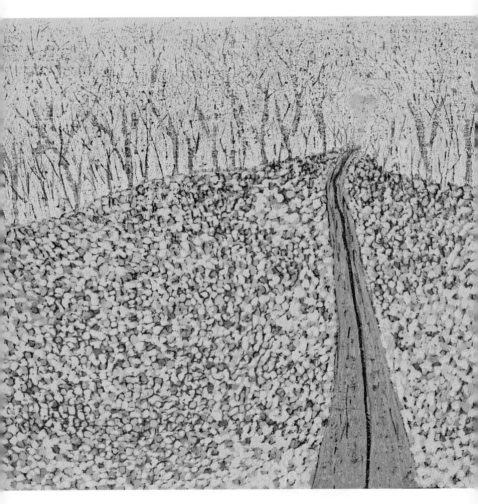

녹산로-표선 | 2023 | PanTableau on canvas | 45.5×53cm

오래 머무르지 않아도

어떤 풍경은 가슴 속에 시 한 줄을 불쑥 던져줘요.

시는 느낌이에요.

억눌려 있던 감정이 순간 폭발할 때

그 자리에서 시는 터지는 거예요.

밤의 해변에는

지친 별들이 내려와 쉬고 있을지도 몰라요.

너무 애쓰며 사는 것 같은 자책이 찾아올 때는

해안로를 걸으세요.

거기에 위안이 있을 거예요.

동한두기 바다 | 2023 | PanTableau on canvas | 45.5×53cm

두려움은 밖에서 오는 게 아니라
자기 내부에 존재해요.
요동치거나 흔들리는 마음을
거울 앞에 꺼내어 비추면
타인은 없고 자기 얼굴만 남아 있을 거예요.
모든 건 자신의 문제예요.

스위스마을 | 2023 | PanTableau on canvas | 45.5×53cm

형제섬 일출 | 2023 | PanTableau on canvas | 45.5×53cm

수평선이 붉게 물드는 것처럼
청춘의 시절도 뜨겁게 물들 때가 있죠.
좋아하는 사람에게 물드는 것만큼
아름다운 일은 없을 거예요.

가버린 날들은 고개를 숙이게 하고
아직 오지 않은 날들 앞에서는 꿈을 꾸지요.
그래서 꿈이 있는 그대는 속되지 않아요.

성산봉일출 | 2023 | PanTableau on canvas | 24×33cm

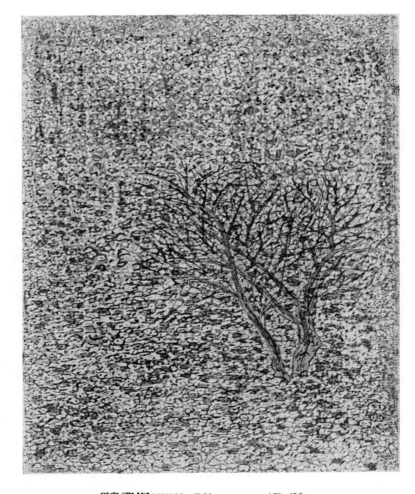

와흘 팽나무 | 2023 | PanTableau on canvas | 53×45.5cm

어떤 기억은

앙금처럼 고여서 돌이 되기도 해요.

박힌 돌, 그 돌은 아마

눈물이 빚어낸 아픈 사랑일지도 몰라요.

광삼포차 | 2023 | PanTableau on canvas | 45.5×53cm

어느 하루가 적막하다고 느껴질 때

침묵의 순간이 오고

그리움의 시간이 와요。

기쁨이 올 때 슬픔이 숨어서 오듯

지난 일들은 부스러기처럼 버려야 해요。

결국 멀어지는 것들은

붙잡을 수 없는 거예요.

그 속에서 빛나던 아름다운 눈빛과

환한 미소마저도

지나고 나면 한 줌 재에 불과해요.

도리로 길 목장 | 2023 | PanTableau on canvas | 45.5×53cm

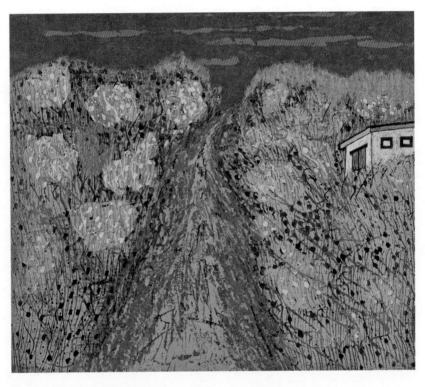

시흥 하동로 들길 | 2023 | PanTableau on canvas | 45.5×53cm

무엇이 사랑의 자리를 대신할 수 있을까요.

아무것도 없을 거예요.

다만 자신의 느낌 속에서 아련히 남아있는

한 조각 구름 같은 시간만이

사랑의 흔적일 뿐이죠.

동한두기 횟집풍경_야경 | 2023 | PanTableau on canvas | 45.5×53cm

파도의 말은

아름다워서 다 들을 수가 없어요.

다만 밤의 바닷가에서 취한 술의 울먹임이

당신의 진실이란 걸

파도는 알 거예요.

외로운 사람일수록 꽃에 대한 정이 많아요.

꽃 속에는 기쁨보다 슬픔이 많아서

누구나 가까이하는 건 아니에요.

그러니까 슬픈 꽃은

자신의 숨은 자화상이에요.

서귀포 **답다니 수국밭** | 2023 | PanTableau on canvas | 45.5×53cm

그리움은 안개 같아요.

만질 수 없고 껴안을 수도 없어요.

애를 태우며 그리움에 목말라 하는 사람은

그만큼 불우한 거예요.

안개낀 성산일출봉 │ 2023 │ PanTableau on canvas │ 19.1×24.3cm

관계가 없으면 기다림도 없듯

인간은 미로와 같은 낯선 길을 빠져나가는

고행자일 지도 몰라요.

기다림은 결국 관계의 결과에요.

BARBE DE MYO | 2023 | PanTableau on canvas | 19.1×24.3cm

하루를 살았다면 그 하루만큼은
온전히 자신을 견딘 거예요.
그러나 지나간 일은 없는 날이에요.
하루하루가 고해의 세계예요.

둘의 관계에서

한 사람이 먼저 떠날 때

남겨진 사람의 전부는

모두 어둠이 되는 거예요.

반짝이는 그 무엇도 위로가 되지 않아요.

햇볕부자 하동로35 69번길 | 2023 | PanTableau on canvas | 19.1×24.3cm

위미올레 밥장 | 2023 | PanTableau on canvas | 18×20.5cm

무심한 듯한 표정은
숨은 자아를 찾아가는 또 다른 고요에요.
마음의 한 지점이 적막의 세계에 가까워질 때
비로소 자기 얼굴이 보이는 거예요.

시흥 하동로길 풍경 | 2023 | PanTableau on canvas | 18×20.5cm

평화의 숲으로 들어가려면

지금의 자신을 놓아버려야 해요.

욕망과 욕망의 찌꺼기들마저 내려놓을 때

비로소 푸른 바다의 마음을 만날 수 있어요.

가을 바다는 상심의 눈물이에요.
그곳에 가서 그리움의 편지를 쓴다면
아픈 파도가 당신의 마음을 달랠지도 몰라요.

월정리 벵디 | 2023 | PanTableau on canvas | 20.5×18cm

역사를 잊는 건

뿌리 뽑힌 나무처럼

세상에 존재할 이유가 없는 것과 같아요.

기록을 찾아 몸이 먼저 나아가야 해요.

항몽유적지의 새벽 | 2023 | PanTableau on canvas | 18×20.5cm

여행은 자신을 느끼는 일이에요.

하루가 독서처럼 한 장 한 장 넘어갈 때

이국적인 풍경은

낯선 자신의 또 다른 이름이에요.

라마다호텔서 본 아침풍경 | 2023 | PanTableau on canvas | 18×20.5cm

꽃 보듯 즐거워하거나

기뻐하는 일도 오래가지 않아요.

시간은 옹졸해서

아름다운 사랑마저 빼앗는 거예요.

이럴 땐 바다로 가서 연민을 배워야 해요.

가파도 풍경 | 2023 | PanTableau on canvas | 27×22cm

막숙포도 41길88 | 2023 | PanTableau on canvas | 27×22cm

밤의 빛은 푸르스름해서
별들의 꿈자리 같아요.
당신의 꿈자리도 늘 푸르스름해서
아름다운 별이 함께 할 거예요.

제주에 봄

초판 인쇄 2024년 12월 5일
초판 발행 2024년 12월 10일

글   박노식
그림   이민
펴낸이   김상철
발행처   스타북스
등록번호   제300-2006-00104호
주소   서울시 종로구 종로 19 르메이에르종로타운 A동 907호
전화   02) 735-1312
팩스   02) 735-5501
이메일   starbooks22@naver.com

ISBN   979-11-5795-753-8 03810